UN DERNIER MOT

SUR LE

PRINCE LÉON D'ARMÉNIE-LUSIGNAN

PRINCE DE KORIKOSZ

ET SUR SES JEUNES ORPHELINS

BASTIA

IMPRIMERIE ET LIBRAIRIE OLLAGNIER

1884.

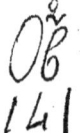

Orphelin dès son bas âge, le prince Léon d'Arménie avait d'abord été dépouillé de ses biens territoriaux lors de l'annexion des Provinces Arméniennes à la Russie après la guerre de 1829. Admirablement doué et supérieurement élevé par les soins du savant gouverneur qu'avaient choisi ses tuteurs, les princes de Van et d'Ezenka, fidèles, comme le Katholikos Ephrem, à la mémoire du prince Joseph de Koricosz son père, il entra, dès sa dix-huitième année, dans la vie politique en prenant avec énergie, bien que parfaitement accueilli à la cour, la défense de l'Archevêque de Tiflis que le tzar Nicolas avait banni et qui devint plus tard le Patriarche Suprême (Katholikos), Nersès V.

Revêtu à cette occasion, par ses compatriotes, du titre de « Défenseur de l'Eglise d'Orient, » il acquit parmi eux une telle popularité par son savoir, sa grâce et sa vigueur, que cessant de contenir leurs aspirations nationales, ils le proclamèrent tout à coup, en 1846, à Erivan, sous le nom de Léon VII. Ce fut sa perte autant que sa gloire, car aussitôt saisi sur un ordre de la cour, il fut embarqué à Cronstadt, pour un exil perpétuel, après avoir été dépouillé de ses diamants, héritage de ses ancêtres, évalués à un million de *roubles argent* (environ quatre millions de francs) et de toute sa fortune liquide. On lui assigna, il est vrai, une modique pension comme indemnité (!) ; mais peu après, pour le punir aussi de ses trop légitimes plaintes, on cessa de la lui payer en prétextant qu'à la cour il passait pour mort et que par conséquent il n'était plus lui (!). Ce n'est qu'un des jeux du prince Z... le tout-puissant ministre de Nicolas Ier.

Le noble proscrit, auquel restait certain capital autrefois placé en Angleterre, utilisa son exil en parcourant les divers Etats de l'Europe et se perfectionnant dans l'étude des langues et des institutions politiques. Fixé à Turin, après avoir été le plus terrible des lieutenants de Shamyl contre les Russes dans la guerre du Caucase où il avait su pénétrer, il paya sa dette d'hospitalité envers l'Italie et montra son dévouement pour la France, — berceau de ses plus lointains aïeux, — en faisant, comme volontaire, avec le rang d'aide-de-camp de Napoléon III, la campagne de 1859, où il fut blessé à Solferino.

Uniquement passionné pour sa malheureuse patrie, il déclina plus tard les offres qui lui furent faites par le président Bulgaris pour le trône de Grèce alors vacant, auquel il aurait pu avoir quelque prétention en vertu de son sang, puisque Léon III d'Arménie avait été Empereur titulaire de Constantinople. Mais, au contraire, il acceptait en 1862 la difficile dictature du Zeithoum, de Guidée, Hadcin et Labranda au sein du Taurus, où des Pachas Turcs massacraient impunément les populations chrétiennes sous les yeux de l'Europe qu'il s'efforça vainement d'émouvoir. Ses lettres aux Cabinets de St-James et des Tuileries sont des modèles de sentiment patriotique et politique.

Enfin, la fortune ayant jusqu'au bout trahi sa valeur, la vertu brilla seule à son foyer où vinrent s'asseoir les infirmités et la misère après la faillite d'un banquier anglais, James Edw..., chez lequel ses derniers fonds avaient été placés ainsi que le produit d'une souscription nationale. Alors comme peintre, et non sans talent, il fit des copies de tableaux des grands maîtres pour subvenir aux besoins de ses enfants et de leur mère qui, épuisée aussi, mourut de chagrin peu après lui, lorsque sans force et sans pain, mais ne voulant pas faire de dettes, il se fit porter sur un lit d'hôpital où il expira en février 1876. A ses enfants — pauvres descendants de tant de gloire et de puissance dans le passé, et qui à leur tour n'auraient eu qu'à mourir de faim sans la sympathie de certaines familles françaises, sans l'évangélique action d'un digne prêtre italien, — le prince Léon d'Arménie-Lusignan, proscrit et dépouillé, n'a laissé qu'un testament authentique où tout en pardonnant, comme chrétien, à ses spoliateurs, il espère qu'ils restitueront au moins à ses héritiers les biens soustraits en 1846. Cette confiance qui honore et le testateur accablé et ses puissants ennemis, sera-t-elle jamais comprise par eux, sur qui cependant semble s'être appesanti plusieurs fois déjà le bras de la Providence !... Hélène et Phinna de Lusignan ont rejoint leurs parents dans la tombe. Celle-ci n'a pas survécu au brave et excellent commandant Charles Desnos dans la famille duquel à Privas, (1) lui avait été faite une place d'enfant bien-aimé. Léon Ruben et Pierre, brillants, studieux et robustes enfants qui, s'il plaît à Dieu, seront des hommes dans quelques années, grandissent en aimant la France. Ils s'instruisent avec des maîtres de notre chère Université, et seront fidèles à la vieille devise des Lusignan : « *Ne vile velis...* » Comme un dernier témoignage plus fort que les injures des agents de la persécution, les traits de ces orphelins offrent une grande ressemblance non seulement avec ceux de leur père, mais encore avec ceux d'un de leurs grands aïeux couronnés dont l'image a été conservée.

_____

(1) C'est également à Privas que M. le Professeur Albert Tozza, lié avec M. le commandant Desnos, et alors attaché au collège universitaire de cette ville, a, de son côté, accueilli, avec toute l'affection d'un père, l'un des jeunes orphelins frère de Phinna.

Note tirée de *La Vérité sur le Prince Léon d'Arménie-Lusignan*, brochure publiée, sans nom d'auteur, par le comte de Gaalon Barzay, — Paris, 1878, imprimerie Collombon, — et que complètent les pages suivantes :

Le prince Léon d'Arménie, prince de Koricosz, — dont le savoir, le courage, la grandeur d'âme égalèrent la naissance et dominèrent les revers durant sa longue lutte contre les envahisseurs de son pays, — naquit à Etschmiadzin (haute Arménie) le 18 août 1821. Par sa mère, Hélène de Géorgie, princesse de Bagration, il était issu d'Héraclius-le-grand. Par son père, il remontait directement à « Livon » (Léon) VI, dernier roi de l'Arménie mineure, qui, décédé en 1393 à Paris et enseveli dans les caveaux de St-Denis, appartenait à cette héroïque famille française des Lusignan dont les membres féodaux surent, par leur valeur, se tailler des royaumes ou se faire les égaux des rois. Sans parler ici de la puissante et légendaire forteresse poitevine que l'inquiète jalousie de la cour fit raser en 1575, ni des trônes de Jérusalem et de Chypre, ni même de la princesse Charlotte, sœur de Jacques II (le dernier roi de Chypre) laquelle par son mariage, au XVe siècle, avec le prince Louis de Savoie, apporta dans cette illustre maison le titre de « roi de Chypre et de Jérusalem, » on sait que la femme de Hugues X de Lusignan, Isabelle de la Marche, veuve de Jean-sans-terre, — l'altière ennemie de St-Louis et d'Alphonse de Poitiers, — était la mère d'Henri III d'Angleterre, et de l'Impératrice Marie femme d'Othon IV.

Ce fut à Rome, près de la cour pontificale, que vers 1858, Léon d'Arménie, suivant le droit spécial en telle matière, et comme unique héritier, releva en sa personne le nom et les armes des Lusignan princiers. Il exerça ce droit comme dernier représentant de la maison de Koricosz, qui après la destruction du royaume d'Arménie mineure (Cilicie) s'était perpétuée en haute Arménie par la descendance de « Shahan » (Jehan), comte de Koricosz, gendre du susdit dernier roi Livon ou Léon VI. On voit encore en Cilicie, à Corycus (dont on a fait Gorigos et Koricosz suivant la prononciation et l'orthographe des temps) les ruines des châteaux forts qui défendaient l'entrée de la mer lors des croisades.

Cet ancêtre Shahan appartenait lui-même à la branche des Lusignan-Roupénian qui se rattachait à la dynastie fondée avant la fin du XIe siècle (1080) par « un soldat heureux, » homme aventureux, intelligent et brave, du nom de Ruben (dont la prononciation et l'orthographe des temps ont fait « Roupen », tandis que la finale *iûn* veut dire en arménien : *fils de*, comme *wich* en slave, *fitz* en celte, *son* en anglais, *oglu* en arméno-turc). Ruben avait d'abord guerroyé dans le Taurus comme chef de partisans contre l'Empire grec. Représentée au XIIIe siècle (1220) par une fille, unique héritière de Livon ou Léon II, la dynastie de Roupen, — que la fusion des Arméniens et des gentilshommes d'Occident fixés là durant les croisades avait consolidée et fait reconnaître par le pape Célestin III et l'empereur d'Allemagne, — fut continuée par celle des Héthoumian. C'est le nom donné aux descendants de « Héthoum » (Othon), grand feudataire, mari de « Zabel » (Isabelle) l'héritière de Léon II, descendants auxquels succédèrent, vers le milieu du XIVe siècle, avant Léon VI, des princes issus, par leur mère, de la susdite branche des Lusignan-Roupénian, et encore Lusignan par leur père, prince de Tyr, feudataire de l'Empire. Il est évident que la femme de Shahan étant Lusignan de sang royal immédiat par son père Léon VI, et tenant par sa mère « Maroum » (Marie) au trône de Hongrie et Pologne, ainsi qu'à la couronne impériale dont un grand-oncle Philippe de Tarente était titulaire, elle n'avait pu épouser dans la personne du possesseur du fief de Koricosz qu'un prince d'une naissance en rapport avec la sienne. Il est, du reste, à remarquer d'après les documents sur les faits historiques en Arménie mineure, que le fief de Gorigos ou Koricosz, boulevard maritime de la Cilicie, a presque toujours appartenu aux parents des souverains, et que cette investiture a plusieurs fois précédé l'accès au trône ; ce qui a fait dire à un savant Arménien que ce fief était à l'Arménie mineure ce qu'était jadis à la France le Dauphiné.

Quant à Léon VI, — dont le trône s'effondrait à travers les embarras d'une époque où le croissant allait définitivement dominer la croix, — ce fut un politique, un homme plus avisé que guerrier quoique Lusignan. Néanmoins sa bravoure s'est suffisamment affirmée par une longue défense dans le Taurus contre les armes victorieuses du Sultan d'Egypte qui le fit assiéger, durant dix mois, dans la forteresse de Gaban où, accablée par le nombre et par les horreurs de la famine, la troupe royale non secourue (1375) dut enfin se rendre au frère du Sultan.

Après avoir, par ses démarches en Europe, délivré Léon VI et les siens de la captivité musulmane au Caire, à laquelle il s'était d'abord soustrait, le prince Shahan crut pouvoir espérer que la chrétienté fournirait de nouveaux secours suffisants pour lutter encore au nom de la croix. Alors, laissant son beau-père auprès du roi de France Charles VI, il retourna, voulant y relever les courages, en Orient, où étaient restées sa femme, la princesse « Phinna » (Joséphine) et sa belle-mère Maroum (Marie de Hongrie, cousine du roi Louis Ier) laquelle ne mourut, en odeur de sainteté, dit-on, que vers 1405 à Jérusalem où, dit-on également, sa fille serait revenue lui fermer les yeux et mourir aussi. Mais quand le prince Shahan eut reconnu que l'Orient chrétien accablé par l'islamisme, et d'ailleurs divisé contre lui-même, n'avait plus rien à attendre des souverains et des nations d'Occident, à son tour il abandonna l'ancien et glorieux théâtre des croisades. Il refit après trois siècles, mais dans un sens contraire, ce qu'avait fait Roupen allant du Taurus vers la mer. En effet, à l'inverse de ce qui s'était produit lorsque, dans les temps heureux de l'Arménie mineure, les plus entreprenants parmi les primitives populations de la Haute Arménie descendirent en Cilicie, le valeureux prince Shahan guida résolument vers les hauts plateaux et ses compagnons d'armes et les chrétiens patriotes, vaincus mais non domptés, qui voulurent s'associer à son sort, tenter la fortune et se tailler, par une commune bravoure, tout au moins quelque territoire indépendant sur l'antique sol national. Sur ce sol, nombre de conquérants avaient succédé à une longue et brillante civilisation qu'indiquent les traditions mosaïques et qu'affirment les admirables documents dont s'est enrichie la Science grâce aux efforts persévérants des célèbres Arméniens de Venise, disciples et successeurs du pieux et savant Mékhitar chassé de Modon en Messénie (l'ancienne Méthone) par l'invasion des Turcs en 1717. Postérieurement aux campagnes d'Alexandre-le-grand, les Grecs, les Perses, les Arabes, les Turcs, et même les Mongols venus du fond de l'Asie, avaient tour à tour envahi, dominé, ravagé, dévasté cet antique sol où les annales Arméniennes remontent sans interruption jusqu'aux faits de Haïg, petit-fils de Noë. L'entreprise qu'avait conçue Shahan, peu tenté de vivre en Occident et d'ailleurs outré de l'inintelligent égoïsme des rois et des peuples devant les dangers dont

l'islamisme triomphant menaçait l'Europe,—sauvée en effet
au XVIIe siècle par Jean Sobieski, — était donc bien faite
pour tenter la généreuse ardeur des compagnons d'un
prince demeuré belliqueux malgré les plus cruels revers.
Et c'est ainsi que, il n'y a pas encore si longtemps, ont pu
se retrouver conservés en certaines familles sur les sommets
de l'Asie, des mœurs, des coutumes, des costumes, des
armoiries et des armures qui, là, semblaient relier aux
temps actuels ceux de la féodalité. C'est encore ainsi que
par un fidèle et fier souvenir des jours brillants de l'Arménie
mineure, le nom du fief comtat de Koricosz en Cilicie
demeura soigneusement attaché, dans la succession des
siècles, à la qualité princière de Shahan et de sa descendance en haute Arménie ; — bien que les Lusignan de
Chypre, voisins de l'Arménie mineure, se fussent appro-
priés les droits éventuels du royaume détruit par la vic-
toire du Sultan d'Egypte sur Léon VI et ses guerriers
abandonnés de la catholicité dont l'attention était ailleurs.

Or, cette transmission de droits s'était elle-même effacée
depuis des siècles à Chypre lorsque de nos jours, à Rome,
le prince Léon, dernier descendant du vaillant gendre de
Léon VI, et — à cause de ses aïeux, à cause de sa propre
valeur, — proscrit par la Russie qui tendait à s'annexer
toute l'Arménie, releva correctement en sa personne, le
nom et les armes des Lusignan princiers. En effet, la ligne
illégitime (enfants naturels) qui sur le trône de Chypre
avait succédé à la lignée légitime épuisée s'était à son tour
éteinte avec le jeune fils de la belle Catherine Cornaro
veuve de Jacques II. Native de Venise, fille des Doges et
circonvenue, cette veuve du dernier roi avait cédé l'île
à la Sérénissime République, dont le gouvernement ombra-

geux eut d'ailleurs soin de faire périr tout ce qui, là, de
plus ou moins loin, pouvait tenir encore par le sang aux
Lusignan de race royale. Depuis près d'un siècle il n'existait donc plus là, ou à proximité aucun descendant ou
représentant quelconque de ce sang, lorsque le Sultan
Sélim de Turquie, autant ami du vin de Chypre qu'ennemi
de la chrétienté, s'empara de l'ile en 1571.

« La vérité sur le prince Léon d'Arménie-Lusignan » —
Paris, 1878, imprimerie Collombon, — reproduit, aux
pièces justificatives, l'acte d'origine dressé par Ephrem
Ier, patriarche suprême à Etschmiadzin, et certifié à Saint-
Pétersbourg par M. de Nesselrode, chancelier de l'Empire.
Les agents de la Russie ne s'étant pas rendus encore les
maîtres absolus en ce lieu saint de la haute Arménie, les
traditions et les archives s'y trouvaient respectées encore
alors, et M. le prince de Nesselrode était d'ailleurs un vrai
gentilhomme. Même pour le triomphe de la politique de
son pays, il ne se serait pas abaissé jusqu'au mensonge et
surtout jusqu'à la calomnie, comme l'ont fait des « reptiles »
de la presse étrangère, qui, à la solde des spoliateurs de
l'infortuné prince Léon, n'ont pas manqué de baver abondamment sur ce proscrit. Au surplus, M. de Nesselrode
qui connaissait bien les faits contemporains, n'ignorait pas
non plus, sans doute, quelles assertions désintéressées
affirmaient dans le passé les traditions de la maison
princière de Koricosz. En effet, le « Voyage d'Orient du
R. P. Philippe de la très-Sainte Trinité » révèle clairement
comment il existait en haute Arménie « un roi secret »,
connu seulement des membres supérieurs du clergé
national fixés au monastère d'Etschmiadzin, nom qui
signifie : Trois Eglises. La traduction française de cet

intéressant ouvrage écrit en latin, a été faite par un « carme deschaussé, » Pierre de St-André, avec « épistre » dédica-toire à « Mgr » Paul-Albert de Forbin, « Chevalier de St-Jean de Jérusalem, grand-prieur de Saint Giles, conseiller d'Etat et lieutenant-général. » Elle a été autorisée à Rome, en 1647, par le général de l'Ordre, et imprimée depuis à Lyon. En cette volumineuse et sérieuse relation des choses d'Orient on lit textuellement ce qui suit, et qui évidem-ment, n'a pas été écrit par complaisance et pour les besoins de la cause d'un proscrit futur.

« Pour la Police, les Arméniens suivent les lois des
» princes dont ils sont sujets, car il n'ont point de Roy
» naturel qui soit connu. Le Grand Seigneur et le Roy de
» Perse se sont divisés l'Arménie, quoiqu'ils ayent un Roy
» secret descendant de l'ancienne Race des Roys d'Armé-
» nie, que le Patriarche consacre secrètement, comme
» luy-mesme l'a déclaré à nos Pères, et il y a fort
» peu de personnes qui le sachent. Le Patriarche des
» Arméniens se croit absolu au spirituel... Son siège
» patriarchal est au monastère des Trois Eglises... Je le
» vis lorsque... » On lit ailleurs : « Il y a quantité de villes
» dans l'Arménie. La première en dignité mais non pas en
» grandeur, est celle d'Erivan sujette au Roy de Perse, où
» il y a un chasteau très fort... La seconde en ordre est la
» ville archiépiscopale de Nachevan, qui signifie, en Armé-
» nien, première habitation, pour autant qu'on dit que Noë y
» habita après le Déluge... Les Arméniens de cette province
» sont nommés des autres, Arméniens Francs, qui vaut
» autant à dire que sujets aux Européens..... »

En parlant ensuite d'un lieu voisin, la narrateur dit :
« Les maisons y sont belles et construites de pierre,

» contre la coutume et l'usage de ces peuples qui ne
» bastissent ordinairement les maisons que de terre. Au
» milieu il y a sur une éminence un chasteau très bien
» muny... » Enfin, il ajoute en parlant d'une autre localité
proche... « Entre elle et Van il y a quelques Forteresses
» où des Seigneurs dominent presque absolument et en
» Souverains. »

Voilà donc des témoignages *de visu*, complètement
désintéressés, affirmant il y a près de trois siècles, alors
qu'il était loin d'être question du prince Léon, dont les
aïeux avaient d'ailleurs fait alliance avec la Perse contre la
Russie, quels ont été les établissements de son ancêtre
Shahan et des *Arméniens Francs*, venus au XIVᵉ siècle, à
la suite de ce gendre de Léon VI, dans la haute Arménie
où se voyaient *les forteresses des Seigneurs souverains indé-
pendants*, alors que les autres Arméniens étaient sujets
des Turcs et des Persans, où enfin était religieusement
consacré à Etschmiadzin, dès sa naissance, *le roi secret,
descendant de l'ancienne race des rois d'Arménie*. A ces
témoignages confirmés par les relations, les détails, les
dessins, tous des plus intéressants, donnés sur l'état de
choses au commencement du XIXᵉ siècle, avant que la
Russie eût à son tour asservi la haute Arménie et que
certains agents de sa politique envahissante eussent déna-
turé les faits et travesti l'histoire, s'ajoutent les affirmations
sincères d'un autre prince russe, vrai gentilhomme aussi.
Ancien diplomate, le prince G..., dont le nom est synonyme
de science et d'honneur, avait été frappé de l'acharnement
que déployait contre l'infortuné Léon d'Arménie un ministre malheureusement tout-puissant auprès du Czar Nicolas
Iᵉʳ, et dont les actes monstrueux ont engendré ceux, non

moins odieux, du Nihilisme. Il voulut donc savoir par lui-même à quoi s'en tenir sur le compte d'un proscrit dont il avait eu, pendant ses voyages en Europe, l'occasion de remarquer le profond savoir et la noble attitude, tandis qu'on le faisait passer pour mort à la cour de Russie, et que, d'autre part, on ne cessait de le faire injurier par la police et la presse de Berlin. Là, justement, opérait alors ce même S.., dont « L'indépendance Belge » a divulgué, en 1860, certains hauts faits (que le procureur général, très honnête homme, venait d'incriminer) et dont le goût pour les pendules françaises a été révélé par de récents mémoires sur le rôle de la police prussienne pendant la dernière guerre franco-allemande. Le prince G..., dès lors se rendit en haute Arménie, la parcourut et se renseigna en interrogeant, parmi les habitants, les plus anciens et les plus dignes de foi. Tous lui déclarèrent ce qu'il a répété à son tour, à savoir que *le prince Léon, proscrit par la Russie, était bien le dernier descendant de la race royale, et qu'il avait été leur orgueil et leur espoir.*

A ces renseignements, s'ajoutent ceux donnés par deux Arméniens de qualité qui venus pour visiter le prince Léon quelque temps avant sa mort, s'étaient écriés : « En quel état retrouvons-nous notre malheureux roi ! » ; ceux donnés par divers prélats Arméniens reprochant à M. de Manteuffel les attentats commis, au mépris du droit des gens, par le susdit policier prussien contre la propriété et la liberté du prince Léon ; ceux donnés par la protestation des grands d'Arménie contre ces mêmes attentats ; ceux donnés par les réclamations adressées, entr'autres, à l'honorable M. de Kisseleff, ministre de Russie à Rome, par un vénérable archevêque Arménien, Mgr Edouard Hurmuz, assistant au trône pontifical et qui était le conseiller temporel en même temps que le directeur spirituel du prince Léon ; ceux donnés par M. de Kisseleff lui-même qui répondait : « Je ne puis rien, tant qu'il sera au tombeau, pour le pauvre prince, qui à la cour passe pour mort, mais l'empereur pourrait le ressusciter » ; ceux donnés en la déclaration, faite en forme authentique, par un officier italien affirmant qu'il avait connu le prince Léon à Saint-Pétersbourg avant qu'il fût proscrit, et par un prince italien affirmant qu'il avait connu ce proscrit à Londres ; ceux donnés par des consuls généraux ; ceux donnés par les marques de sympathie du duc de Brunswick, lequel appelait le prince Léon « son cousin » ; ceux donnés par la déférence avec laquelle il était traité par l'empereur Napoléon III auquel un agent russe interrogé, répondit, pour détourner la sympathie du souverain, que le proscrit représentait pour la Russie relativement à l'Arménie, ce qu'étaient les princes d'Orléans pour l'Empire français ; ceux donnés par le favorable accueil de Monsieur Thiers, président de la République ; ceux donnés par la charte publique du Saint-Office délivrée à Rome au proscrit ; ceux donnés après sa mort, par un acte de notoriété authentiquement dressé en faveur de ses orphelins ; ceux donnés par les témoignages du respect de toutes les personnes honorables qui l'ont approché, et que frappaient sa dignité, sa simplicité rehaussées encore par sa pauvreté ; ceux donnés même par l'acharnement de ses ennemis dont l'un s'est efforcé d'empêcher des familles françaises de s'intéresser à ses orphelins et de les accueillir ; enfin ceux donnés par le testament authentique de l'infortuné prince Léon d'Arménie-Lusignan que sa seule valeur personnelle mettait, d'ailleurs, bien au-dessus de ses détracteurs qui ont été jusqu'à soutenir qu'il ignorait la langue arménienne. Contre cette imputation bizarre protestent aussi ce qui a été conservé des livres et de la correspondance du défunt.

Cependant, comme dernier coup de pied de l'âne au lion expiré, des compères n'ont pas manqué, non plus, et à Paris hélas, de déverser l'injure à la manière prussienne, pour le compte particulier cette fois de certains types, très drôles, qui dans un âge avancé et quoique ou parce que fils d'un valet à Constantinople, se sont imaginé, après avoir vécu tarés sous divers noms, de faire peau neuve en prenant à Paris, en 1878, jusqu'aux prénoms du proscrit défunt et de ses enfants. Le charlatanesque avatar était destiné à rehausser la situation acquise par ces individus, l'un d'eux ayant trouvé enfin quelque fortune dans un mariage bizarre qui réalisait d'ailleurs l'idéal de la honte. Etalant alors, bien mal à propos, un grand luxe d'érudition, leurs compères se sont, en même temps, efforcés d'éreinter l'auteur de « La vérité sur le prince Léon d'Arménie-Lusignan », brochure tout à fait désintéressée et qui, sans chercher à faire une conférence pédante sur l'histoire de l'Arménie majeure et mineure, se bornait à saisir les honnêtes gens d'un sincère exposé des faits inouis machinés contre un proscrit et ses orphelins absolument dépouillés. S'adresser aux honnêtes gens n'offrait pourtant rien qui pût concerner les types susdits et leurs affidés. Au reste, leur luxe d'érudition était bien facile après les beaux travaux de divers membres de la savante congrégation des Mékhitaristes de Venise (que pour nombre de motifs, il ne faut pas confondre avec ceux de Vienne), comme après les remarquables publications dues aux précieuses études tant de M. de Mas-Latrie que de feu Victor Langlois. Celui-ci, chargé d'une mission officielle, a parcouru et bien fait connaître la Cilicie (Arménie mineure) ; il a aussi connu personnellement le prince Léon dont il a parlé dans une de ses relations de voyage. Or, ce que les fils de l'humble valet Constantinopolitain se sont bien gardés de faire publier, tandis qu'ils s'instituaient « Altesses Royales » et se faisaient gober pour tels par maintes dupes qu'alléchaient les tartines de leurs plumitifs, c'est que parmi ces collaborateurs, insulteurs gagés d'une part et de l'autre thuriféraires intéressés, celui qui s'intitulait pompeusement « le Conseil de Leurs Altesses Royales », fut, peu après, cueilli pour escroqueries, logé à Mazas, et, de là, conduit à Charenton où il est devenu complètement gâteux. A Mazas ce compère affolé, s'était mis, en effet, à revendiquer impérieusement l'île de Rhodes. Il prétendait en distribuer des tranches à ses créanciers, de même que « Leurs Altesses » réclamaient à l'Angleterre l'île de Chypre, et à la Turquie certain trésor énorme qui jamais n'exista, mais dont ils promettent des parts superbes à leurs auxiliaires plus ou moins naïfs. Payant d'audace, « Leurs Altesses Royales » se sont même gardées de paraître troublées de la mésaventure ; très pratiques, ces types ont simplement fait changer la couverture du factum venimeux que « Leur Conseil » venait de lancer bravement contre un proscrit défunt, et en ont continué la distribution. De cette façon, les exemplaires que l'imprimerie venait de leur livrer ont, à part un certain nombre déjà distribués, été purgés du nom de ce digne collaborateur ; mais c'est, de toute façon, affaires de « serpent mordant la lime. » Enfin, en attendant l'insaisissable moment de distribuer aussi les parts pro-

mises aux gogos sur les centaines de millions du fantastique
trésor, « Leurs Altesses Royales » fabriquent à Paris et
répandent *urbi et orbi* les brevets audacieux et les folles
décorations d'un ordre non moins fantastique. A coup sûr,
le fait serait tristement comique, seulement, et peu digne
d'être signalé, si quantité d'Orientaux bien au courant de
cette mascarade et de sa durée à Paris, n'y voyaient un
motif continuel de railler chez nous et le Gouvernement et
ce que le Prussien nomme « l'incurable ignorance des Français » ; — tandis que c'est justement un agent prussien
qui, aux débuts de ces types, a plus ou moins involontai-
rement contribué à la propagation d'une audacieuse
fumisterie internationale. (1)

---

(1) Aucun genre d'*illustration* n'aura manqué à « ces brillantes Altesses
Royales » si goûtées des reptiles d'une certaine presse et des naïfs sem-
piternellement acquis, à toute intrigue imprudente, car, le fameux
« prince-archevêque » devenu le patron cornac du non moins fameux
belge nommé B... qui, après de graves démêlés avec la justice correction-
nelle de son pays (laquelle n'a pas dit le dernier mot) fût, en France,
l'objet d'un arrêté d'expulsion, et qui se vante si fort en produisaut écrits
à l'appui, d'avoir dîné, flirté, conféré, avec « Son Eminence, » n'est
autre qu'un des membres de l'audacieux trio dont il s'agit. Inutile
d'ajouter que ce type n'est pas plus archevêque sérieux que prince, non plus
que patriarche, titre qu'il s'administre volontiers, également, depuis qu'il a
été pourvu d'un de ces brevets épiscopaux si facilement répandus en Orient
où il s'est joyeusement débarrassé de la prêtrise qui lui avait été conférée,
jadis, dans l'Eglise catholique arménienne, dont la charité l'avait élevé,
instruit dans les ordres ainsi qu'un autre membre du trio, qui, lui, s'est
définitivement défroqué après avoir également apostasié. Du reste, son
nouveau supérieur religieux, homme très-respectable, a dû, pour dégager
la responsabilité du corps ecclésiastique auquel il appartient depuis son
apostasie, le lancer par un écrit, sévère mais juste, publié dans la presse
d'Orient à la suite de diverses aventures parisiennes.
Un riche seigneur oriental, homme fort instruit et versé dans la langue

française, qui possède sur ce charlatanesque avatar et les aventures adjacentes, — dignes des « Fourberies de Scapin », — toute une collection de documents et d'autographes des plus curieux, prépare avec soin, à ce sujet, un volume très-intéressant.

(Extrait des notes et documents réunis par le comte de Gaalon Barzay et ses amis pour la défense d'un proscrit et de ses orphelins dépouillés.)

www.ingramcontent.com/pod-product-compliance
Lightning Source LLC
Chambersburg PA
CBHW061520170626
46811CB00004B/1778